AF202524

Werner Knopf

Schade. Eigentlich.

Ein Romänchen

Hamburg, im Dezember 2020

Gestaltung
Christian Traut

© 2021 Werner Knopf

ISBN Softcover: 978-3-347-48200-5

Druck und Distribution im Auftrag des Autors:
tredition GmbH, Halenreie 40-44, 22359 Hamburg, Germany

Inhalt

Kapitel 1

Der stramme Max

Mein Name ist Michael Nesselschein, ich bin 45 Jahre alt, Doktor der Chirurgie und sitze in der Untersuchungshaftanstalt Hamburg, Holstenglacis Nummer 3-5.

In drei Tagen beginnt mein Prozess. Das Volk gegen Dr. Michael Nesselschein. Danach werde ich für acht bis zehn Jahre weggesperrt, so schätzen meine Anwälte. Acht bis zehn Jahre, in denen ich meinen Erfolg als Chirurg und mein Leben als stolzer Vater und liebender Ehemann genießen wollte. Und das alles wegen eines einzigen Tags. Ein Tag, an dem alles schieflief. Schon beim Frühstück nervte meine Mutter mit einem ihrer unsäglichen Anrufe.

„Michi, denke bitte daran, der kleinen Kimi die dicke Daunenjacke anzuziehen, wenn du sie in die Kita fährst! Das ist wichtig, es herrschen nur noch einstellige Temperaturen in unserer schönen Hansestadt. Und dann kommt noch der kalte Ostwind dazu!"

„Mutter! Hat Sophie unsere Kimi jemals falsch angezogen?!"

„Nein. Bis jetzt nicht. Aber das kann ja auch der besten Mutter mal passieren, oder? Irgendwann ist nämlich immer das erste Mal. Außerdem musst du nicht gleich so pampig werden. Schließlich komme ich nur meinen Pflichten als Großmutter nach. Und darüber solltest du dich freuen."

„Ja Mutter, danke, dass du immer an alles denkst. Ich rufe dich heute Abend noch mal an."

Aber dazu kam es nicht mehr, denn den Abend verbrachte ich bereits auf dem Polizeirevier in Hamburg Lokstedt. Auf der Fahrt zur Kita zeigte Kimi mir nämlich ein Bild, das sie gemalt hatte. Ein

Bild von einem Mann, der lachend und mit erigiertem Penis dastand.

„Wer ist das?", fragte ich.

„Erkennst du ihn nicht, Papa? Das ist Max."

Max, so hieß der knapp zwei Meter große Betreuer aus der Kita. Ein Mann um die dreißig, der mir immer schon ein bisschen seltsam vorkam.

„Und so hast du den Max gesehen?", fragte ich noch einmal nach.

„Ja. Schon öfter", war die Antwort meiner 5-jährigen Tochter.

Ich sah rot. Zwar nicht wie Charles Bronson in einem seiner Filme, aber mir war klar, dass ich handeln musste.

Kindesmissbrauch ist das schlimmste Verbrechen der Welt. Oder etwa nicht?! Bevor sich der Kerl irgendwie rausreden konnte, musste ich ihn zu einem Geständnis kriegen, das alle Fragen beantworten und mich wieder ruhig schlafen lassen würde. Auf jeden Fall musste der Typ weg. Ich hatte da so eine Idee. Ich werde ihn zum Kaffee einladen, dabei werde ich ihn ein wenig narkotisieren und dann irgendwo im Niendorfer Gehege gründlich befragen. Zur Not auch mit Gewalt. Bei Kindesmissbrauch ist schließlich jedes Mittel recht, oder etwa nicht? Danach übergebe ich das Schwein der Polizei, und alle anderen Eltern werden mir ewig dankbar sein.

Als ich Kimi wie immer in der Kita abgegeben hatte und sie bereits zu den anderen Kindern auf die Wiese lief, sprach ich ihn an.

„Hallo Max, ich würde gerne mal mit Ihnen über Kimi reden. Haben Sie heute Nachmittag um vier ein halbes Stündchen Zeit? Ich zahle Ihnen die Zeit natürlich extra. Sagen wir 100 Euro? Hier vorne, im Kaffee Funkeck?"

„Gerne, Herr Doktor Nesselschein, ich werde da sein."

„Super, bis später."

Der Typ ist so blöd, der fragt noch nicht mal, was genau ich denn wissen möchte. Umso besser, dachte ich und fuhr in meine Praxis am Klosterstern. Schwester Rita, ohne die ich gar nicht leben könnte, hatte wie immer schon alles im Griff. Kleinere Eingriffe machte sie mit ihren 30 Jahren Berufserfahrung sogar selbstständig. Aber heute hatte ich keine Zeit für sie. Ich spielte ein ums andere Mal das Verhör mit Max durch und sah ständig auf die Uhr. Die Zeit wollte einfach nicht vergehen.

Endlich war es zwölf Uhr. Jetzt würde meine Frau Sophie unsere Kimi aus der Kita holen. Denn Sophie wollte nicht, dass Kimi in der Kita aß. „Kimi bekommt ausschließlich frisch gekochte Biokost", sagte sie immer. Und ich war stolz auf sie. Auch wenn sie das Essen nicht selbst zubereitete, denn das macht unsere Ganztagshilfe Elvira. Eine Polin, die schon seit zwölf Jahren in Deutschland lebte und seit sechs Jahren ausschließlich für uns arbeitete. Nach dem nächsten Blick auf die Uhr ging ich an den abgeschlossenen Schrank, wo ich die Betäubungsmittel aufbewahrte. Der Typ war groß und sportlich, also füllte ich 30, statt der üblichen 20 Tropfen ab. Das würde reichen.

Eine Stunde vor der verabredeten Zeit saß ich an meinem Stammtisch im Kaffee Funkeck. Den Range Rover hatte ich gleich um die Ecke geparkt, höchstens 20 Schritte entfernt, soweit würde ich den Kerl schon irgendwie schleppen können. Um Punkt 16 Uhr kam Max auf mich zu und setzte sich völlig nichtsahnend an meinen Tisch.

„Was möchten Sie trinken, Max?", fragte ich so normal wie möglich.
„Eine Cola wäre schön."
Umso besser, dachte ich, in dem Gesöff würde er die Tropfen niemals rausschmecken.
„Ich hole sie Ihnen", sagte ich und ging dem alten Kellner entgegen, der hinter dem Tresen stand und für jeden Meter, den er nicht laufen musste, dankbar schien. So hatte ich genug Zeit, die Flasche zu präparieren, ohne dass jemand etwas davon mitbekam. Um den Kinderschänder nicht frühzeitig zu warnen, brachte ich das Gespräch erst mal auf die neuesten Bundesligaergebnisse, dabei fiel

mir seine Uhr auf. Eine Rolex Daytona. Wie kann sich ein schlecht bezahlter Erzieher so eine Uhr leisten? Hat er reiche Eltern, oder handelt er mit Kinderpornos? Die Sau! Es dauerte gerade mal zehn Minuten, da hatte er Mühe, seine Augen offen zu halten. Netterweise hatte er die Cola mit zwei großen Schlucken vertilgt.

„Herr Doktor Nesselschein, es geht mir irgendwie nicht so gut. Ich bin auf einmal sehr, sehr …"

„Ich sehe es, Max, kein Problem, ich bringe Sie nach Hause."

Ich griff ihm unter die Achseln und hob ihn vom Stuhl. Mann, war der schwer. Ich schleifte ihn durch die Tür und ließ seine Beine von einer Stufe zur anderen nach draußen fallen. Die Heckklappe vom Auto hatte ich zum Glück offengelassen. Aber da blieben zwei ältere Gassigeher mit ihrem komplett grauen Dackel stehen und beobachteten mich. Will der den wirklich in den Kofferraum legen? Ja, wollte er, lässt er wegen euch aber lieber bleiben. Ich legte Max kurz ins weiche

Laub, schloss die Heckklappe und öffnete die rechte Hintertür.

„Zuviel getrunken", rief ich den beiden Alten zu, und sie nickten verständnisvoll. Die Kuh war vom Eis. Vorsichtig, ja geradezu liebevoll, griff ich dem Kerl wieder unter die Arme und ging rückwärts auf die offene Tür zu. Dabei übersah ich vor lauter Laub den Bordstein. Ich fiel nach hinten in das offene Auto und Max mit dem Genick genau auf die Kante.

Es knackte laut, und der Opa fragte: „Hat er sich weh getan, der Schluckspecht?"

„Nein, er ist tot!", hätte ich am liebsten geantwortet, aber dazu war ich viel zu geschockt. Ich beugte mich hinunter, fühlte seinen Puls und versuchte ihn wiederzubeleben. Als ich einsah, dass es sinnlos war, hörte ich bereits die Sirenen des Krankenwagens. Opa war so nett gewesen, einen zu rufen. Der Notarzt alarmierte sofort die Polizei, und die klärte den Sachverhalt in wenigen Minuten. Die Sache war eindeutig, Ich hatte einen Kinderschänder getötet. Unabsichtlich, aber getötet. Auf dem Revier erklärte ich den Beamten, warum ich diesen Mann betäubt hatte und dass das Ganze ein unglücklicher Unfall sei. Das Laub war schuld.

„Das Laub war schuld, soso. Die Ausrede habe ich in zweiundzwanzig Dienstjahren noch nicht gehört. Mal sehen, was der Staatsanwalt dazu sagt", entgegnete der Beamte.

„Bitte, fragen sie meine Tochter, der Kerl ist ein Kinderschänder", versuchte ich mich zu verteidigen.

„Ach, sie wollen also sagen, dass man jedem, den man für einen Kinderschänder hält, das Genick brechen darf?"

„Es war ein Unfall, ich bin ausgerutscht, das sagte ich doch bereits."

„Sie sollten sich einen Anwalt nehmen, Herr Nesselschein. Einen sehr, sehr guten."

Wenn der Staatsanwalt mit Kimi gesprochen hat, wird er die mildernden Umstände erkennen und das Ganze als unglücklichen Unfall sehen. Besonders, wenn er

herausfindet, dass er es mit professioneller Kinderpornografie zu tun hat.
Am nächsten Tag wurde ich dem zuständigen Staatanwalt vorgeführt.
„Herr Doktor Nesselschein, Sie wissen, was Ihnen vorgeworfen wird?"

Kapitel 2

Vom Helden
zum Deppen

„Ja, ich habe versehentlich einen Kinderschänder getötet."

„Nein, so war das nicht. Sie haben aus
Leidenschaft getötet. Sie haben den Liebhaber Ihrer Frau eiskalt umgebracht."

„Wie bitte? Was soll ich gemacht haben?"

„Wir haben Ihre Tochter befragt, und sie
hat uns erzählt, dass der Erzieher Max
Schlüter am letzten Samstag bei Ihnen im
Haus war. Kimi sagt, sie hätte vom Garten aus Ihre Frau und Herrn Schlüter in
Ihrem Schlafzimmer gesehen. Sie haben
also einen Nebenbuhler beseitigt. Und
keinen Kinderschänder. Das Verhältnis
zwischen Ihrer Frau und Herrn Schlüter
begann nach Aussage Ihrer Ehefrau vor

etwa einem Jahr, und die Uhr, die der Verstorbene trug, war ein Geschenk von ihr, zu seinem dreißigsten Geburtstag. Möchten Sie sich dazu äußern?"

„Ich war am Samstag auf dem Golfplatz", war alles, was ich noch herausbrachte.

Nie im Leben hatte mich so hilflos gefühlt. Meine Frau, für die ich jeder Zeit mein Leben gegeben hätte, betrog mich seit über einem Jahr mit dem Betreuer unserer Tochter. Und ich hatte einen Unschuldigen auf dem Gewissen. Ich wurde an einem einzigen Tag vom Helden zum Deppen.

Immerhin kannte ich alle guten Anwälte der Stadt. Einige von ihnen hatte ich sogar schon unter dem Skalpell. Aber keiner von ihnen machte den Eindruck, meinen Fall gern übernehmen zu wollen. Mein alter Kumpel Christian Traut hatte in den letzten Jahren eine steile Karriere als Strafverteidiger gemacht und schien mir der Beste für meinen vertrackten Fall. Aber auch er strahlte nicht gerade Zuversicht aus.

„Weißt du, Michael, du hast den Liebhaber deiner Frau vorsätzlich betäubt, und zwei Zeugen haben gesehen, dass du ihn anschließend fallengelassen hast. Das können wir nicht abstreiten. Und wie sollen wir beweisen, dass du von dem Verhältnis deiner Frau nichts gewusst hast? Die Geschichte vom angeblichen Kinderschänder ist ebenfalls sehr dünn. Jeder normale Mensch geht zur Polizei, wenn er so einen Verdacht hat. Aber du wolltest mit ihm in den Wald fahren. Was hat dich denn da geritten? Immerhin gibt es Rutschspuren von deinen Schuhen am Bordstein. Es gibt nur eine Chance, wir müssen den Richter von einem Unfall überzeugen. Dann wäre es Totschlag, und du kommst mit acht bis zehn Jahren davon."

„Davon?! Ich sitze die nächsten zehn Jahre mit Schwerverbrechern im Knast, und du nennst das davonkommen? Ich habe viele Kinder und Erwachsene umsonst operiert, weil sie es sich nicht leisten konnten. Ich habe Leben gerettet. Ich bin ein guter Mensch, verdammt noch mal!"

Sein betretenes Schweigen löste bei mir blankes Entsetzen aus. Ich war nicht mehr ich selbst. Ich war ein Verlierer, ein Verbrecher, ein Irgendwas.

Als ich den Gerichtssaal betrat, sah ich zuerst nur meine Frau. Sie trug ein neues, knallrotes Kleid und verbarg ihr schönes Gesicht unter einem dieser lächerlichen Hüte, wie man sie von englischen Pferderennen kennt. War das überhaupt noch meine Frau? Hatte ich überhaupt noch eine Familie? Während meiner Zeit im Untersuchungsgefängnis hatte ich ihre Besuche abgelehnt. Ich hätte ihr einfach nicht in die Augen sehen können. Aber hier, vor den Richtern und Schöffen, suchte ich ihren Blick, sah aber nur einen mindestens 3000 Euro teuren Hut. Drei Reihen hinter ihr hatten es sich meine Golffreunde bequem gemacht, die verlegen vor sich hinschauten und wann immer ich zu ihnen sah, mit einem Victory-Zeichen antworteten. Aber ihre

Gesichter sagten etwas völlig anderes. Die einzige, die wirklich von meiner Unschuld überzeugt schien, war Rita.

Und so kam es, wie Christian es vorhergesehen hatte: Acht Jahre Haft, die bei guter Führung auf sechs reduziert werden können, so lautete das Urteil. Immerhin soll ich die Zeit in Hamburg absitzen, so kann mich Kimi jederzeit besuchen und ich habe vielleicht die Chance, wenigstens einen kleinen Rest von Familie aufrechtzuerhalten.

Kapitel 3

Meine Zeit in
Santa Fu

Die Abkürzung Santa Fu steht seit den Siebzigerjahren für Strafanstalt Fuhlsbüttel. Es ist ein Gefängnis mit Geschichte, wenn man so will. Wie gut es war, dass ich ausgerechnet hier gelandet bin, sollte sich sehr bald zeigen.

Was nun kam, kannte ich bereits aus dem Fernsehen. Privatklamotten abgeben, Anstaltskleidung anziehen und ab in die Zelle. Aber dort traute ich meinen Augen nicht. Mein zukünftiger Zellennachbar sprang von seinem Bett auf. Er hüpfte von einem Bein auf das andere, schlug sich dabei ständig vor den Kopf und stotterte: „Heeerzzzlich Willllkkkommmen, Herrrr Dooooktoor."

Acht Jahre mit einem Irren auf 20 Quadratmetern! Das war eindeutig zu viel.

Ich sah den Vollzugsbeamten an, aber der sagte nur: „Wir nennen ihn Rumpelstilzchen."

„Kann ich bitte den Direktor sprechen?", sagte ich leise.

„Ich will sehen, was sich machen lässt", antwortete Herr Amon, der für unseren Trakt zuständig war.

Zwei Stunden lag ich auf dem Bett, ohne Rumpelstilzchen zu beachten, der vollkommen in einem Karl-May-Buch aufging. Dann öffnete Herr Amon die Tür und brachte mich zum Direktor. Ich wusste bereits, dass es sich dabei um Herrn Klüver handelte, dessen Tochter ich vor vier Jahren kostenlos am Darm operiert hatte. Natürlich hatte ich nicht vor, ihn daran zu erinnern. Besser, er kam von selbst darauf und würde sich vielleicht durch einen Zellenwechsel erkenntlich zeigen.

„Guten Tag, Herr Direktor Klüver", begrüßte ich ihn so kleinlaut wie möglich. „Herr Doktor Nesselschein, setzen Sie sich doch bitte. Herr Amon, Sie können wieder an Ihre Arbeit gehen. Von Herrn Nesselschein geht keine Gefahr aus." „Wie Sie meinen, Herr Direktor".

„Herr Klüver", begann ich, „wäre es vielleicht möglich, dass Sie mich in einer anderen Zelle unterbringen? Acht Jahre mit Rumpelstilzchen in einem Raum, das hält doch kein Mensch aus."

„Sie irren sich, Herr Nesselschein. Sie haben den besten Zellennachbarn, den diese Anstalt zu bieten hat. Und den werden Sie auch brauchen. Eigentlich haben Sie sogar Anspruch auf eine Einzelzelle. Aber damit würde ich Ihnen keinen Gefallen tun. Rumpelstilzchen ist Professor für Geschichte und der intelligenteste Insasse, den wir haben. Er spielt nur den Doofen, denn Doofe werden hier in Ruhe gelassen. Er hat Narrenfreiheit. Im ganzen Haus. Für die anderen ist er Luft.

Gar nicht vorhanden. So kann er ganz entspannt seine Bücher lesen und sogar Aufsätze schreiben, die in Fachkreisen große Beachtung finden."

„Er liest Karl May!"

„Das ist nur der Einband. Tarnung, nichts als Tarnung. Nur er und ich kennen seine wahre Identität. Und jetzt Sie. Mit Prof. Dr. Schönfeld, so heißt er in Wirklichkeit, können Sie reden. Aber nur, wenn keiner dabei ist. Sie werden Ihre Freude haben. Und nur er ist in der Lage, dafür zu sorgen, dass Sie die Zeit hier gut überstehen. Glauben Sie mir. Oder meinen Sie ernsthaft, ich würde den Mann, dem ich das Leben meiner Tochter zu verdanken habe, mit einem Irren in eine Zelle stecken?"

„Danke, Herr Direktor. Danke."

„Übrigens, falls Sie etwas brauchen, ein Handy zum Beispiel, dann sagen Sie es mir. Solange es unter uns bleibt, ist hier vieles möglich. Sie werden sehen", sage er lächelnd und drückte mir ein Handy in die Hand. Kurz danach verließ ich sein Büro mit einem nagelneuen iPhone in der Unterhose.

Am Abend, als Rumpelstilzchen leise vor sich hin schnarchte, rief ich Rita an.

„Rita Glockmann, hallo", meldete sie sich, ein wenig zerknirscht.
„Hier ist Michael, Michael Nesselschein."
„Sie können telefonieren, Herr Doktor?", fragte sie.
„Ja, der Direktor dieser Anstalt ist Herr Klüver, Sie erinnern sich? Er hat mir ein iPhone zugesteckt, und ich möchte, dass Sie in seine Wohnung fahren, um es zu bezahlen. Die Adresse haben wir ja noch in der Kartei." „Wird gleich morgen früh erledigt, Herr Doktor", sagte sie freudig überrascht. „Kann ich sonst noch etwas für Sie tun, Herr Doktor?"
„Ja. Als erstes vergessen Sie bitte den „Herrn Doktor". Ich bin Häftling, sonst nichts mehr."

„Aber …"

„Kein aber, in Zukunft werde ich sicher die eine oder andere Bitte an Sie haben. Ich rufe Sie wieder an. Passen Sie gut auf unsere Praxis auf. Bis bald."

Ich schlief mit dem Gedanken ein, dass ich es deutlich schlimmer hätte erwischen können. Ein möglicherweise ganz kultivierter Zellennachbar und ein iPhone waren mehr, als ich mir vorgestellte hatte. Aber hatte ich mir überhaupt etwas vorgestellt? Eigentlich nicht.

Als ich am nächsten Morgen aus dem Bett wollte, stand Rumpelstilzchen davor und versperrte mir den Weg.

„Sie bleiben liegen, Sie sind die nächsten Tage krank", sagte er bestimmt.

„Wie bitte?"

„Wenn Sie sich, ohne sich hier auszukennen, unter die anderen Insassen mischen, sind Sie verloren. Und das wollen Sie doch nicht, oder?" Er wirkte sehr überzeugend, und als Amon die Tür öffnete, sprang er wieder von einem Bein auf das andere und sang lachend: „Der Doktor ist krank, der Doktor ist krank. Ein kranker Doktor mit einem Durchfall. Wie gibt's denn so was? In Santa Fu Fu Fu Fu Fu."

„Okay", meinte Amon, „brauchen Sie einen Arzt, Herr Doktor?" Er lachte in sich hinein.

„Nein," röchelte ich, so gut ich konnte.

Als die Tür wieder verschlossen war, begann Prof. Dr. Schönfeld leise mit seinem Vortrag: „Hören Sie zu, lieber Herr Nesselschein, Sie sind hier drinnen bekannt wie einer grüner Hund. Jeder hat Ihr Bild in der Zeitung gesehen, und jeder weiß, dass Sie da draußen ein hübsches Sümmchen angehäuft haben. Und dieses Sümmchen wird man Ihnen abnehmen. Die Frage ist nur noch, wer von den drei konkurrierenden Gruppen in diesem Gebäude es sich holen darf. Darüber wurde schon vor Tagen gestritten. Die Russen, die Araber, oder die Hells Angels."

„Was reden Sie da? Ich habe hier drinnen kein Geld."

„Das ist bekannt. Aber Ihre Frau hat Geld, und Sie wird es den Herren übergeben. Früher oder später. Es kommt nur darauf an, wie sehr sie Ihrer Frau oder Ihnen zusetzen. Sie werden es Schutzgeld nennen. Und Sie werden dafür zahlen, dass es Ihrer Frau, Ihrer Tochter und Ihnen gut geht. Dafür, dass sie alle gesund bleiben, könnte man sagen."

„Verstehe. Und was kann ich dagegen tun?"

„Gar nichts, Sie können nur dafür sorgen, dass Sie nicht alles verlieren. Dazu müssen Sie es schaffen, dass die Angels Ihre Beschützer werden. Denn die halten sich in der Regel an Abmachungen. Die Araber und die Russen tun das nicht. Die nehmen Ihnen sogar noch Ihr Leichenhemd weg. Und so, wie es aussieht, haben im Moment die Russen die Nase vorn, was Sie angeht. Ich nehme an, dass Ilja die Aufgabe haben wird, Sie langsam aber sicher weichzukochen. Aber wenn Sie dem eins auf die Nase geben, ohne dabei zu sterben, dann sind die Russen raus und die Angels am Zug. Verstehen Sie das?"

„Akustisch ja, aber ich habe noch nie jemanden geschlagen. Nicht mal in der Grundschule."

„Kein Problem, ich habe bereits alles bestens geplant. Nehmen Sie Ihr Handy, rufen Sie Rita an und bestellen Sie K.-o.- Tropfen. Jetzt!"

„Woher wissen Sie von …"

„Ich schlafe relativ wenig und habe sehr gute Ohren. Was glauben Sie, warum ich mich hier so gut auskenne? Ich weiß über alles und jeden Bescheid. Wenn ich in die Dusche komme, wird einfach weitergeredet. „Der Irre stört nicht", denken alle. Und genau das ist der Vorteil, den ich mir hier drinnen als Rumpelstilzchen erarbeitet habe. Also hören Sie auf mich, dann leben Sie besser. Und vor allem länger."

„Warum tun Sie das für mich?"

„Weil wir beide die einzigen halbwegs zivilisierten Menschen im Umkreis von einem Kilometer sind. Abgesehen von Herrn Klüver, vielleicht."

Dann brachte Herr Schönfeld seinen ansonsten sehr gepflegten Spitzbart und seine relativ langen braunen Haare komplett durcheinander und hüpfte mit den Worten „wir reden nachher weiter, ich brauche täglich frische Luft" zum Hofgang. Eine gute Gelegenheit, um mal ungestört zu telefonieren, dachte ich und rief meine Mutter an.

„Ja, hier Nesselschein!", hörte ich ihre etwas krächzende Stimme.
„Hallo Mutter, ich bin's."
„Friederich! Komm schnell, Michi ist dran!" Ich sah förmlich, wie sich Vater aus seinem ledernen Lesesessel pellte.
„Wo bist du, Michi?"
„Wo ich bin? Im Knast. Wo sonst?"
„Das sagt man so nicht, auch wenn es ein bisschen stimmt. Hast du wenigstens ein Einzelzimmer, Michi?" „Mutter, hier gibt es keine Zimmer. Nur Zellen, und ich bevorzuge eine Zelle für zwei Personen."

„Und, hast du einen netten Zimmerkollegen?"

„Ja, wir verstehen uns ausgezeichnet. Er ist ein wirklich netter Mann ..."

„Michi, das will ich nicht hören! Ich habe gegoogelt! Alle Männer in einer, äh, da wo du bist, du weißt schon, alle werden da Homosexuelle. Das ist so. Also erzähl mir bitte nichts von einem wirklich netten Mann in deinem Zimmer. Bitte Michi! Das ertrage ich nicht."

„Ich wusste, dass es ein Fehler war, euch anzurufen."

„Siehst du Friederich, er gibt es zu. Indirekt. Er sagt, es sei ein Fehler, mit uns über seine sexuellen Bedürfnisse zu reden. Das heißt, ich habe recht."

„Hattest du schon einmal nicht recht, Mutter?"

„Nein, aber diesmal hätte ich es mir gewünscht. Wenn du schon nicht an uns

denkst, dann denke wenigstens an Kimi.
Soll das Kind etwa mit einem schwulen
Vater aufwachsen?"

„ICH BIN NICHT SCHWUL!", schrie ich
und legte auf.

Kapitel 4

Ein wasserdichter Plan

Als Herr Schönfeld vom Hofgang zurück gehüpft kam und seine Haare wieder gerichtet hatte, setzte er sich mir gegenüber.

„Haben Sie verstanden, was ich Ihnen eben gesagt habe?"
„Ja."
„Und haben Sie es auch begriffen? Sehen Sie ein, dass Sie nur diese eine Chance haben?"
„Ebenfalls ja!"
„Ich habe eben auf dem Hof gehört, dass es tatsächlich Ilja sein wird, der sich um Sie kümmern wird. Das ist gut, denn er möchte immer besonders witzig sein. Und das macht ihn angreifbar. Aber wie

bereits gesagt, mein Plan ist wasserdicht. Vertrauen Sie mir. Wann kommen die K.-o.-Tropfen, haben Sie gesagt?"

„Oh, die hab ich vergessen." Sofort nahm ich mein Handy aus der Matratze und wählte die Nummer von Rita. „Rita Glockmann, hallo".

„Hallo Rita, bitte seien Sie so nett und klingeln Sie heute Abend noch mal bei Herrn Klüver. Geben Sie ihm ein Fläschchen vom stärksten Betäubungsmittel, das wir im Schrank haben. Es muss flüssig sein, haben Sie gehört? Keine Tabletten, unbedingt in Tropfenform."

„Habe verstanden, Herr Doktor. Wird erledigt."

„Danke, Rita. Vielen Dank."

Als ich das Handy wieder verstaut hatte, fragte ich beiläufig:

„Warum sind Sie eigentlich hier?"

„Na, Sie haben Nerven, ich versuche, Ihnen den Arsch zu retten, und Sie haben keine dringendere Frage als diese? Na gut. Ich bin ein unschuldiger Sexualmörder."

„Soll ich jetzt lachen? Unschuldig und Sexualmörder? Wie passt das denn zusammen?"

„Ich werde es Ihnen in Ruhe erzählen, aber nicht jetzt. Zuerst müssen Sie wissen, was Sie außerhalb dieser Zelle erwartet. Zum Beispiel in der Kantine. Also, hören Sie zu und machen Sie sich Notizen, wenn Ihnen das hilft. Stellen Sie sich vor, Sie kommen in einen großen Raum. Rechts ist ein Tresen, da holen Sie sich Ihr Essen und einen Kaffee. Hinten links ist ein großer Tisch, der ausschließlich für die Russen reserviert ist. Hinten rechts ein fast genauso großer, an dem sitzen die Araber. Vorne links sitzen die Hells Angels. Dazwischen sind kleine Tische, an denen sitzt das Volk. Also Sie, ich und die anderen, die nichts zu sagen haben. Wir beide werden den Raum niemals gemeinsam betreten. Sie beachten mich nicht und sprechen mich auf keinen Fall an. Nehmen Sie irgendwo am Rand Platz. Da, wo niemand sitzen möchte.

Irgendwann wird Ilja zu Ihnen kommen und Ihnen Ihr Essen wegnehmen oder Ihren Kaffee trinken, vielleicht schüttet er Ihnen auch das ganze Tablett auf den Schoß. Was dann passiert, werden wir in den nächsten Tag minutiös einstudieren. Sie kriegen das hin. Glauben Sie mir. Übrigens wird man Sie ‚Killer Doc' nennen. Den Namen haben Sie der Bildzeitung zu verdanken."

„Ich kann das alles nicht. Ich habe mit Typen wie diesem Ilja nichts gemein. Diese Typen hier sind keine Menschen."
„Ach, glauben Sie das wirklich? Gut. Dann sagen Sie mir mal, wie bei Ihnen vor zehn Jahren ein typischer Samstag ausgesehen hat".
„Wie bitte? Ist das Ihr Ernst?"
„Ja. Legen Sie los".
„Na gut, damals haben wir samstags meistens etwas länger geschlafen, meine Frau und ich. Kimi war ja noch nicht geboren. Dann sind wir zum Frühstück ins Kaffee Funkeck gegangen, und anschließend sind wir gejoggt oder wir sind zum Golf-

spielen, je nach Lust und Laune. Danach sind wir ein bisschen auf die Piste. Erst zum Italiener, dann in Angies Nightclub oder so. Und dann wird's privat."

„Klar, verstehe. Und was hat Ilja vor zehn Jahren samstags gemacht? Er hat sicher auch ein bisschen länger geschlafen. Dann hat er sich von seiner jeweiligen Flamme das Frühstück machen lassen, oder er hat es im Vier Jahreszeiten eingenommen. Anschließend hat er Sport getrieben. Joggen, Fitnessraum oder so. Dann hat er im Il Cantuccio gegessen und ist anschließend auf die Piste gegangen, in die Ritze oder so. Je nach Lust und Laune. Und danach wurde es auch bei ihm privat, wie Sie das genannt haben. Wo ist der Unterschied? Was ist so anders zwischen Ihnen und Ilja? Ich will es Ihnen sagen: Nichts!"

„Das ist doch Quatsch …"

„Wissen Sie, was Quatsch ist? Anzunehmen, dass sich die Gehirne der Menschen in den letzten 15.000 Jahren geändert haben. Das ist Quatsch! Sie haben Karriere gemacht, weil Sie gelernt haben, Ihre sensiblen Hände richtig einzusetzen, und haben sich dadurch Respekt, Macht und Wohlstand verschafft. Ilja hat gelernt, seine kräftigen Hände so einzusetzen, dass er sich damit Respekt, Macht und Wohlstand verschafft hat. Das „Wie" zählt nicht in unseren Gehirnen. Es zählt ausschließlich, ob man es schafft. Und je nachdem, in welchem Milieu man aufwächst, gelten eben andere Regeln. Ihren Beruf gibt es erst seit sagen wir mal 200 Jahren. Iljas Beruf gibt es, seit es Menschen gibt. So einfach ist das. Und nur weil Sie eine ziemliche Dummheit begangen haben, leben Sie nun in einer Welt, in der die alten Regeln mehr wert sind als Ihre. Und das haben Sie sich, wie gesagt, ganz alleine zuzuschreiben."

„Ich brauche eine Pause."

Am nächsten Morgen brachte Herr Amon mir ein Paket von Herrn Direktor Klüver.

„Die Bücher, die Sie bestellt haben", sagte er knapp und knallte den Karton auf den Tisch.

„Danke Herr Amon, vielen Dank." Es waren nicht nur die bestellten Tropfen darin, sondern alles, was man für die Behandlung von offenen Wunden brauchte. Rita ist eben ein Schatz.

„Morgen sind Sie wieder gesund und gehen zum ersten Mal zum Essen. Freuen Sie sich schon?", fragte ein grinsender Herr Schönfeld.

„Ich kann es kaum erwarten, Rumpelstilzchen", antwortete ich überraschend gut gelaunt.

In der folgenden Nacht bekam ich kaum ein Auge zu. Immer wieder ging ich alle Szenarien durch, die Herr Schönfeld mir eingebläut hatte. Schließlich ging die Tür auf, und Rumpelstilzchen hüpfte laut singend zum Frühstück. Zwei Minuten später machte ich die ersten Schritte auf dem Gang. „Hallo, Killer Doc", schallte es von irgendwo her. Ich kam mir wirklich vor wie ein bunter Hund.

Aber leider ohne Zähne.

Ich stellte mich in der Kantine ans Ende der Schlange und wurde laufend nach hinten gedrängt. Erst als alle saßen, bekam auch ich ein Tablett mit Kaffee und belegten Broten. Kaum saß ich allein an einem Tisch, kam ein Hüne mit Vollbart und Tattoos auf der Glatze zu mir. Er schaute mich an, nahm meinen Kaffeebecher und schüttete mir das heiße Gesöff über den Kopf. Laut lachend ging er zu seinen Kumpels und tat, als wäre nichts geschehen. Einer der Wärter fragte mich, was los sei, und ich sagte laut und deutlich:
„Ich war etwas ungeschickt, sonst nichts."

Beim Mittagessen wiederholte sich das Ganze. Nur nahm Ilja meinen Kaffee dieses Mal mit an seinen Tisch und schüttete mir zuvor mein Mittagessen in den Schoß.
„Na, schon wieder ungeschickt gewesen?", fragte der Wärter.

„Tut mir leid, ich bin neu hier und noch ein bisschen nervös." Damit erntete ich ein paar Lacher vom Tisch der Angels. Das war mehr, als wir geplant hatten.

Das Spiel wiederholte sich drei Tage lang. Als Ilja dann wieder meinen Kaffee zu sich an den Tisch nahm, nachdem er das Mittagessen auf mir verteilt hatte, sagte ich laut:
„Sobald ich die Mampfe von meiner Jacke gegessen habe, haue ich dir aufs Maul!"

Der ganze Saal brach in schallendes Gelächter aus, und ich machte mich so lange an meiner Jacke zu schaffen, bis das Tier meinen Kaffee ausgetrunken hatte.

Ganz langsam ging ich auf den Tisch der Russen zu. Ilja stützte sich mit beiden Pranken auf dem Tisch ab und kam mir entgegen. Seine Augen fielen ihm immer wieder zu, er begann zu taumeln. Ich lief schneller, blieb direkt vor ihm stehen und schrie: „Buhh!"

Da fiel er um wie eine Tanne, in die der Blitz eingeschlagen hatte. Peng! Der Koloss lag lang ausgestreckt auf dem Steinboden. Die Russen sprangen sofort auf und versuchten, ihn wieder auf seinen Platz zu hieven. Aber seine 120 Kilo konnten ohne fremde Hilfe nicht aufrecht bleiben. Sie trugen ihn schließlich mit drei Mann in seine Zelle und sagten jedem Wärter, an dem sie vorbeikamen: „Ilja hat was Falsches gegessen."

Ich stolzierte weiter zum Tisch der Hells Angels und sagte:
„Guten Tag, die Herren, kann ich bei Ihnen eine Versicherung für meine Frau, meine Tochter und für mich abschließen?"
„Kannst du, Doc, setz dich!"

Ich schlug freiwillig eine Versicherungsprämie von 1000 Euro im Monat vor. Aber das brachte sie nur zu einem müden Grinsen.

„Ich kann jeden von euch ärztlich versorgen, hier drinnen und auch draußen.

Schusswunden inklusive." Das schien ihnen zu gefallen.

„Okay", sagte einer mit schulterlangen blonden Haaren und einer ziemlich schiefen Nase, „das und zweitausend im Monat!"

„Abgemacht", sagte ich und hielt ihm die Hand hin. Als er den Schraubstock wieder öffnete und ich meine Hand zurückbekam, atmete ich kräftig durch und ging erhobenen Hauptes in meine Zelle. Mir war sogar so, als ob ich ein paar bewundernde Blicke in meinem Rücken verspürte.

Kapitel 5

Die Geschichte von Rumpelstilzchen

„Sie waren großartig, das muss ich Ihnen lassen", sagte Herr Schönfeld, als wir beide wieder allein waren.

„Das war Ihr Plan und Ihr Verdienst. Ich danke Ihnen dafür."

„Wollen wir das heute Abend feiern? Ich habe da noch irgendwo eine Flasche Champagner, wenn ich mich nicht irre."

„Champagner?", fragte ich ungläubig.

„Glauben Sie, dass nur Sie allein ein gutes Verhältnis zum Direktor haben?"

Am Abend erzählte mir Herr Schönfeld dann, wie er hier gelandet war.

„Also Herr Dr. Nesselschein, oder wollen wir uns jetzt duzen?"

„Gerne, ich bin der Michael!"

„Wer ich bin, weiß ich zwar nicht, aber ich heiße Leonard. Prost."

„Prost Leonard, und noch mal danke."

„Schon gut. Noch sind wir hier nicht heil raus. Aber wie ich in diese Haftanstalt kam, ist schnell erzählt. Vor ziemlich genau zwei Jahren war ich zu einer Tagung in Budapest. Am dritten und letzten Tag hielt ich einen sehr gelungenen Vortrag. Wir feierten noch ein wenig an der Bar des Hilton Hotels, und ich ging gegen zwei Uhr ins Bett. Geweckt wurde ich von einem laut schreienden Zimmermädchen. Ich lag nämlich auf einer ebenso nackten wie toten Prostituierten und hielt mit beiden Händen die Krawatte fest, die um ihren Hals geschlungen war. Meine Krawatte. Mein Urin war auf ihrer Vagina, und im ganzen Raum gab es nur Fingerabdrücke und DNA von der Toten, der Putzfrau und mir. Ein wirklich klarer Fall. Ich versuchte die Polizisten davon zu überzeugen, dass ich betäubt wurde, aber die lachten nur: ‚Tolle Ausrede, Herr Professor!'. „So bekam ich zehn Jahre aufgebrummt, von denen ich noch acht absitzen muss."

„Hast du nie versucht, dein Verfahren nochmal aufrollen zu lassen? Es kann doch nicht sein, dass jemand unschuldig hier drinnen sitzt."

„Wer ist unschuldig? Ist man nur schuldig, wenn man jemanden umgebracht hat? Oder bin ich nicht selber daran schuld, dass ich mich habe reinlegen lassen?"

„Nee, gegen K.-o.-Tropfen ist jeder machtlos. Sogar Ilja."

„Schon, aber warum hat es ausgerechnet mich getroffen? Warum nicht einen meiner Kollegen? Irgendetwas muss ich gemacht haben, was einen anderen zu dieser Tat gebracht hat. Seit zwei Jahren grüble ich darüber, aber ich komme nicht weiter. Es kommen mehrere Personen infrage. Aber wie soll ich die von hieraus befragen? Geschweige denn ein bisschen unter Druck setzen?"

„Da hab' ich mal eine Idee", sagte ich

freudig. „Wir spannen die Hells Angels für uns ein. Die sind sehr gut im Unterdrucksetzen, oder? Eine Hand wäscht die andere, wir müssen nur auf eine gute Gelegenheit warten. Und die wird kommen."

Dass diese Gelegenheit schon ein paar Tage später kam, hatte allerdings niemand von uns beiden erwartet.

Kapitel 6

Lovley Rita

Ich fragte mich, wen von uns beiden es schlimmer getroffen hatte. Fand aber keine vernünftige Antwort und beschloss, meine Frau anzurufen. Nach dreimaligem Klingeln flötete mir ein fröhliches „Hallo, hier Sophie Nesselschein" entgegen.

„Ich bin's", sagte ich und versuchte, mir ihr überraschtes Gesicht vorzustellen.
„Wusste gar nicht, dass man im Knast einfach so telefonieren kann", keifte sie.
„Leute, die den Liebhaber ihrer Frau kaltblütig umgebracht haben, werden hier bevorzugt behandelt", gab ich zurück.
„Was willst du, Michael?"
Michael, so hatte sie mich nur zweimal

genannt. Nämlich in den ersten Minuten unseres Kennenlernens. Danach war ich zwölf Jahre lang ihr allerallerallerallerliebster Michi. So ändern sich die Zeiten.

„Ich wollte dir zu dem Wagenrad, das du Hut nennst, gratulieren. Ein prima Versteck, wenn man dem Mann, den man in die Scheiße geritten hat, nicht in die Augen sehen möchte."
„Rufst du an, um mich zu beschimpfen? Dann lege ich sofort auf."
„Ich will Kimi sprechen."

„Was willst du ihr denn sagen, wenn sie fragt, warum du nicht mehr hier bist? Reicht es nicht, dass Kimi erleben muss, wie alle anderen ihren Vater als Killer Doc bezeichnen?"
„Ich habe ein Recht auf meine Tochter."
„Das wüsste ich aber." Sagte sie eiskalt und legte auf.

Leonard räusperte sich und fragte: „Willst du einen Tipp?"
Ohne meine Antwort abzuwarten, erzählte er

dann: „Gespräche wie dieses hatte ich vor zwei Jahren auch. Und zwar jede Menge. Du kannst nicht gewinnen, ohne deiner Tochter dabei wehzutun. Und das ist es nicht wert. Glaub mir, ich leide jeden Tag darunter, meine Söhne nicht sehen zu können. Aber soll ich sie hierherbestellen und ihnen das Rumpelstilzchen vormachen? Wir beide haben keine Chance, solange wir drin sind. Erst wenn wir aus diesem Knast kommen, können wir unseren Kindern alles aus unserer Sicht erklären und dann auf ihr Verständnis hoffen."

Das nächste Mittagessen stand an. Als ich mich wie gewohnt an meinen Platz am Katzentisch setzte, kam einer der Angels. Er packte mich am Arm und setzte mich an den Tisch neben seinen Kumpels. Ich kam mir vor als hätte mich ein Neandertaler in seine Höhle geschleppt.

„Hier sitzen die VIPs", sagte er grinsend. Ich grinste zurück, als wäre ich befördert worden.

Auf dem Weg zurück in die Zellen nahm mich der Langhaarige mit der schiefen Nase beiseite und meinte: „Kann sein, dass es am Samstagabend Randale gibt. Vielleicht brauchen wir einen Doktor."

Ich gab ihm die Adresse meiner ehemaligen Praxis, die jetzt Rita gehörte und Praxis für Naturheilkunde hieß. Er schaute sich die Karte an und fragte: „Aber nähen kann die schon, deine Rita, oder?"
„Rita ist die Beste", gab ich selbstsicher zurück.

Gleich nachdem ich wieder in der Zelle war, rief ich sie an: „Rita?"

„Hallo Doktor …"
„Es gibt hier keinen Doktor. Rita, Sie sind jetzt der Doktor. Und Sie bekommen möglicherweise Patienten. Es kann sein, dass am Samstagabend Mitglieder der Hells Angels in die Praxis kommen. Bitte stellen Sie keine Fragen und versorgen Sie die Herren so gut es geht."

Zwei Tage später um 23 Uhr vibrierte mein iPhone.

„Rita?"

„Ja, Herr Doktor, es ist alles erledigt. Aber es war der blutigste Abend, den ich je erlebt habe. Zwei von den Kerlen liegen immer noch hier. Sie sind absolut nicht transportfähig. Der eine hat eine Stichwunde im Unterbauch, und dem anderen wurde in die Schulter geschossen. Knapp neben dem Schlüsselbein. Zum Glück sind beide über den Berg."

„Danke Rita, Sie sind ein Schatz. Ich bin Ihnen zu großem Dank verpflichtet."

„Nicht doch, Herr Doktor." Ich sah förmlich, wie sie rot wurde und sich stolz zu ihrer vollen Größe von 186 Zentimetern aufrichtete. Das war ein Grund dafür, dass sie sich so schwertat, endlich den passenden Mann zu finden. Denn noch größer als sie selbst war nur ihr Wunsch, Kinder zu bekommen.

Kapitel 7

Die Wirklichkeit ist Ansichtssache

Am nächsten Morgen nach dem Hofgang, zu dem ich mich immer noch nicht traute, kam Leonard völlig außer Atem zurück: „Michael, gestern sind zwei Russen in ihrem Hauptquartier umgelegt worden. Es sollen die Angels gewesen sein. Aber Patti sagt, er weiß von nix."

„Wer ist Patti?"

„Na der mit der schiefen Nase, der ist in der Hackordnung der Angels in Hamburg an Nummer drei. Das ist so, als wärst du Generalbevollmächtigter in einem Dax-Konzern." Mein ungläubiger Blick nötigte ihm ein „oder so" ab. Wir schauten uns an, und ich fragte: „Und was passiert jetzt? Hier drinnen, meine ich?"

„Das kommt drauf an, welche Befehle die Russen von außen geben. Vielleicht gibt es Krieg. Jedenfalls können sie das nicht auf sich sitzen lassen. Aber ich habe da eine Idee. Hör mir genau zu …"

Zwei Stunden später öffnete Amon die Tür mit den Worten: „Hier ist Besuch für Sie, Herr Nesselschein", und Patti betrat unsere Zelle. Da Rumpelstilzchen naturgemäß Luft war, setzte sich der Rocker genau zwischen uns. Mit dem Rücken zu Leonard.

„Das war gut gestern, Doc. Lovely Rita hat funktioniert", sagte er völlig entspannt.

„Freut mich", gab ich zurück.

„Warum willst du mich sprechen Doc? Handeln ist nicht. Es bleibt bei 2000 im Monat und auch bei deinem ärztlichen Notdienst oder wie du das nennst."

„Ja, klar. Ich will nicht handeln. Ich will euch helfen."

„Und wobei?"

„Bei eurem Kampf gegen die Russen."

„Du?", sagte er leicht amüsiert.

„Ja ich. Aber dafür erwarte ich eine Gegenleistung."

„Tickst du noch ganz sauber? Wer von uns beiden hat hier das Sagen, du oder ich?"

„Du. Aber wenn ich dir dabei helfe, die Russen hier drinnen unschädlich zu machen, dann ist das doch was wert, oder?"

„Kommt drauf an."

Na also, dachte ich und sah Leonard zuversichtlich lächeln. Das machte mir Mut.

„Was wäre, wenn ich dafür sorge, dass alle Russen für ein paar Wochen aus diesem Knast verschwinden?"

Patti sah mich staunend an und meinte: „Das wäre allerdings eine kleine Gegenleistung wert. Was hast du vor?"

„Ich brauche einen zuverlässigen Mann in der Küche, der den Russen eine kleine

Portion Pulver in ihr Essen gibt. Kriegst du das hin?"

„Kein Problem, die Küche gehört uns!"

„Gut. In zwei Tagen gebe ich dir das Pulver. Jeder der Russen muss ein Gramm davon bekommen. Nicht mehr. Aber auch nicht weniger."

„Kein Problem", sagte Patti und bugsierte sein breites Kreuz quer durch die Tür.

Rita verstand sofort, was ich von ihr wollte, und versprach das entsprechende Pulver zu besorgen. Herrn Direktor Klüver rief ich am Abend zu Hause an und überzeugte ihn davon, dass es besser sei, die Russen für eine Weile handlungsunfähig zu machen, als einen Kleinkrieg in seinem Gefängnis zu riskieren. Er vertraute mir, wollte aber keine Einzelheiten wissen, um nicht in den Plan hineingezogen zu werden.

Die nächsten Tage verbrachten Leonard und ich damit, den Kreis derer zu bestimmen, die dafür gesorgt haben könnten, ihn für lange Zeit ins Gefängnis zu bringen. Es blieben fünf Männer übrig, die von Leonards Haft profitierten. Sein Nachfolger an der Uni Hamburg war zweifellos der größte Nutznießer. Auf ihn konzentrierten wir uns. Er war damals zwar nicht mit in Budapest, kannte aber den genauen Ablauf der Tagung und hatte über seinen missratenen Schwager jederzeit Zugang zum kriminellen Milieu.

Die Sehnsucht nach meiner Familie wurde von Tag zu Tag größer. Aus lauter Verzweiflung rief ich meine Mutter an, um zu hören, wie es meiner kleinen Kimi ging.

„Ja. Hier Nesselschein", keifte sie wie immer in den Hörer ihres uralten Telefons.

„Ich bin's, Michi ..."
„Gut, dass du endlich anrufst. Ich habe jetzt noch mal bei Google nachgeschaut. Es gibt einen kleinen Prozentsatz von Männern, die standhaft bleiben und

nicht schwul werden, wenn sie im Gefängnis sind. Du kannst es also schaffen, Michi. Du musst dich nur von allen anderen da drinnen fernhalten. Lies doch ein bisschen. Du hast doch als Kind immer gerne gelesen. Soll ich dir ein paar Bücher schicken?"

„Nein Mutter, es gibt hier eine sehr gute Bibliothek. An Büchern mangelt es mir nicht. Ich vermisse Kimi."

„Und was ist mit mir und Papa? Vermisst du deine Eltern denn nicht? Ohne uns gäbe es dich gar nicht, Michi. Ist dir das klar? Du weißt doch, wie ich dich immer dazu gedrängt habe, Mediziner zu werden. Ein richtiger Doktor. War das etwa falsch?"

„Nein, Mutter, das war toll von dir. Wirklich toll. Aber jetzt wüsste ich gerne, wie es Kimi geht."

„Kimi? Woher soll ich das wissen. Deine Frau lässt die Kleine ja nicht mehr zu uns kommen. Wir gehen ein vor lauter Einsamkeit. Keine Enkelin mehr. Keinen Sohn mehr. Nichts! Vater und ich sind das Gespött der ganzen Nachbarschaft. Wusstest du das?"

„Nein, das wusste ich nicht. Und es tut mir leid für euch."

„Hörst du, Friedrich, es tut Michi leid, dass wir das Gespött der Nachbarn sind. Es tut ihm leid. Na immerhin." „Mutter, was passiert ist, lässt sich nicht ändern, sonst würde ich es tun. Das kannst du mir glauben."

„Ja, das glaub ich dir. Wie konntest du dich nur mit dieser Sophie einlassen? Schon damals habe ich dir gesagt, nimm dir die Elfi zu Frau. Ihr Vater hatte eine eigene Fabrik, und Elfi hätte viel besser zu dir gepasst. Nun ist sie allerdings mit einem Türken verheiratet. Na ja. Du weißt ja, wie Papa und ich über so was denken."

„Ich weiß es, Mutter, ich weiß es. Ich muss jetzt Schluss machen. Tschüss."

Leonard sah mich nach dem diesem Telefonat an und sagte trocken: „Die Schuld

ist nie bei der Fliege. Immer bei der Flie-
genklatsche."
„Wie meinst du das?"

„Ganz einfach, die Wirklichkeit ist An-
sichtssache. Weil jeder seine eigene
Wirklichkeit hat. Deine Eltern, deine
Frau und du. Jeder sieht die Dinge anders. Denn keiner kann aus seiner Haut.
Erst wenn jeder begreifen würde, dass
die eigene Wirklichkeit von seinem ei-
genen Unterbewusstsein erschaffen wird
und sein rationaler Verstand von dort gesteuert oder zumindest sehr stark gelei-
tet wird, dann hätte man die Chance für
offene Gespräche."

„Das ist mir zu hoch."

„Okay, das beste Beispiel dafür, wie wir
Menschen funktionieren, hast du selbst
geliefert: Warum hast du versucht, diesen
Max in den Wald zu schleppen? War das
schlau? Was hättest du denn mit ihm gemacht, wenn er irgendwo im Niendorfer
Gehege aufgewacht wäre? Meinst du, er

hätte gesagt: ‚Tut mir leid, Herr Dr. Nesselschein, dass ich so ein saublöder Kinderschänder bin‘? Wohl kaum. Und was wäre passiert, wenn er zugegeben hätte, dass er seit einem Jahr deine Frau fickt? Hättest du gesagt: ‚Oh, Entschuldigung, Herr Max, dann habe ich Sie ja ganz umsonst hierhergebracht‘? Oder wärst du dann ausgeflippt und zum Mörder geworden? Michael! Du hast diese Tat nicht rational begangen. Du hast dich von deinem Unterbewusstsein leiten lassen. Du wolltest ein Held sein. Einer, der ganz alleine einen Kinderschänder überführt. Einmal im Leben mehr zu sein als ein sehr guter Chirurg, das war dein Plan. Und dieser unbewusste Plan hat deinen rationalen Verstand außer Kraft gesetzt. Mehr ist eigentlich nicht passiert. Das passiert übrigens jedem von uns und zwar jeden Tag. Und das ist auch gut so, denn in den meisten Fällen ist es ein Vorteil, auf unser Unterbewusstsein zu vertrauen."

„Ich bin ein denkender Mensch", sagte ich leise.

„Ja Michael, das sagen wir alle, weil wir gar nicht merken, dass wir von unserem Unterbewusstsein gesteuert werden. Und das ist auch gut so. Anders hätte die Menschheit gar nicht überleben können. Wer erst mal nachdenkt, was zu tun ist, wenn ein Säbelzahntiger auf ihn zukommt, hat verloren. Deshalb musste unser Unterbewusstsein so schnell es ging auf Flucht entscheiden. Du kannst es auch Instinkt nennen, wenn du damit besser klarkommst."

Am nächsten Morgen kam Patti in unsere Zelle und holte das Pulver ab.
„Ich hoffe für dich, dass das Zeug auch wirkt, Doc."
„Keine Sorge, es wird funktionieren. Garantiert."

Drei Stunden nach dem Mittagessen hatten die ersten Russen kleine Ausfallerscheinungen. Vier Stunden danach fuhr ein Krankenwagen nach dem anderen auf den Hof und brachte acht Russen ins Hamburger Tropenkrankenhaus. Erst zwei Tage später gab es die erste Diagnose. Herr Direktor Klüver persönlich informierte alle Insassen darüber, dass einige Mithäftlinge, er sagte extra nicht, dass es sich ausschließlich um Russen handelte, von einer sehr seltenen Tropenkrankheit befallen seien. Um weitere Ansteckungen auszuschließen, wurden die Zellen der Betroffenen desinfiziert und bei der Gelegenheit auch gründlich durchsucht.

Jede Menge Drogen, Waffen und Alkohol wurden beschlagnahmt und würden für die entsprechenden Herren ein Nachspiel haben, sobald sie wieder haftfähig seien. Was sich allerdings mindestens noch sechs Wochen hinziehen würde.

Nun traute ich mich zum ersten Mal in den Hof. Ich versuchte, mit schnellem Walking meine eingeschlafenen Glieder wieder in Schwung zu kriegen. Aber das brachte mir soviel Gelächter ein, dass ich bald, wie die andern auch, gemütlich im Kreis schlenderte. Als ich bei den Rockern vorbeikam, hörte ich ein „Gut gemacht, Doc." Und fühlte mich so wohl wie seit Monaten nicht mehr.

Kurz danach wurde ich zum Direktor zitiert.

„Herr Dr. Nesselschein, diese Aktion war einmalig. Damit meine ich nicht einmalig gut, sondern exklusiv. So etwas darf nie wieder vorkommen. Bei aller Dankbarkeit meinerseits, ich kann solche Vorkommnisse auf Dauer nicht decken. Haben wir uns verstanden?"

„Selbstverständlich, Herr Direktor. Bitte entschuldigen Sie die Unannehmlichkeiten", sagte ich unterwürfig.

„Und wie läuft es mit Rumpelstilzchen?", fragte er mit einem breiten Lächeln.

„Er ist ein ziemlicher Schlaumeier, aber ohne ihn wäre ich verloren gewesen, genau wie Sie es vorhergesagt haben. Danke."

„Gern geschehen, Herr Doktor."

Wir gaben uns die Hand und sahen uns etwas schelmisch in die Augen.

Als ich zurück in unsere Zelle kam, teilte Leonard mir mit, dass er mal wieder nachgedacht hatte.

„Es kann nur dieser Marcus Kauer gewesen sein!", sagte er voller Überzeugung.
„Wer ist Marcus Kauer?"
„Na der Typ, der mich zum Mörder gemacht hat! Der, der mich reingelegt und mein Leben zerstört hat!"
„Bist du sicher?"
„Ja!"
„Was können wir tun?", fragte ich mit einer leisen Vorahnung für das, was jetzt kommen würde.

Kapitel 8

Utilitarismus?

„Wir müssen ihm eine Falle stellen, was sonst? Und ich weiß auch schon wie. Aber dafür brauchen wir Putti." „Ach so, na dann ist ja alles ganz einfach", sagte ich ironisch.

Beim nächsten Hofgang fragte ich Patti, ob er bereit wäre, mir gegen Bezahlung einen Gefallen zu tun.
„Ich denke, das könnte gehen", sagte er amüsiert.
Wir verabredeten uns für den nächsten Tag, diesmal in seiner Zelle.

Es war ein gemütlicher, sehr sauberer Raum, der nicht nach einer Zelle, sondern eher nach einem Wohnzimmer aussah.

Keine Pin-ups und keine Motorräder an der Wand, nur ein großer alter Kupferstich von Hamburg, sonst nichts.

Ich ließ mir meine Überraschung nicht anmerken, sondern erklärte ihm haargenau, was seine Kollegen da draußen zu tun hätten.

„Das ist alles?", fragte er lächelnd. „Kein Problem, das ist eine unserer leichtesten Übungen. Am Samstag ist die Sache erledigt. Wenn's klappt, bekomme ich zehntausend Bonus. Wenn nicht, nur fünf. Okay?"

„Abgemacht. Eine Frage noch, warum heißt du eigentlich Patti?"

Er lachte und sagte: „Weil ich noch nie verloren habe. Das Schlimmste für mich war mal ein Unentschieden. Und unentschieden heißt beim Schach Patt. Verstehst du?"

„Verstehe", sagte ich und fragte mich auf dem Rückweg zu meiner Zelle, warum einer, der noch nie verloren hatte, jahrelang im Gefängnis saß.

Die Sache lief und war nicht mehr zu stoppen. Aber was, wenn dieser Kauer unschuldig war, wenn sich Leonard geirrt hatte? Ich fragte ihn.

„Leonard, was passiert, wenn dieser Kauer unschuldig ist? Wie willst du das jemals wieder gut machen? Hast du keine Angst, eine riesige Schuld auf dich zu laden?"

„Du stellst die Schuldfrage? Okay. Eine Gegenfrage: Bist du schuldig, wenn du dafür sorgst, dass ein 60-jähriger Mann stirbt?"
„Natürlich. Was denn sonst?"
„Nein, bist du nicht. Es kommt nämlich immer auf die Umstände an. Hast du schon mal was von Utilitarismus gehört?"
„Wie heißt das?"
„Utilitarismus ist das, wonach im Grunde alle Menschen streben. Das menschliche Wohlergehen, mit möglichst viel Lust und Freude und möglichst wenig Schmerz und Leid. Das wollen wir alle,

oder? Es gibt da eine Untersuchung, die man auf der ganzen Welt vorgenommen hat. Und überall ergab sie das gleiche Ergebnis. Es wurden Menschen in Grönland, Australien, China, Amerika, Europa und sogar die Buschleute in Brasilien gefragt, was sie machen würden, wenn sie sehen, dass sich ein Eisenbahnwagon gelöst hat und auf fünf junge Gleisarbeiter zurast? Lassen sie ihn fahren oder drücken sie den Knopf, der die Weiche umstellt, sodass nur ein alter Gleisarbeiter von dem Wagon getötet wird. Alle drücken den Knopf, um viel Leid zu verhindern und nehmen dafür weniger Leid in Kauf. Was das mit Kauer zu tun hat? Er hat viel Leid angerichtet, eine Frau ist tot, und ich leide immer noch unter seiner Tat. Um das zu ändern, ist es mir erlaubt, ihm Leid zuzufügen, um mein Leiden zu beenden. Oder etwa nicht?!"

„Utilitarismus, soso", sagte ich, ganz benommen von seinem Monolog.

Der Hofgang war für mich mittlerweile

ein reines Vergnügen. Es hatte sich nämlich herumgesprochen, dass ich in Pattis Zelle war, und das galt als ein Privileg allererster Sorte. Leider verschwand meine gute Laune ebensoschnell, wie sie gekommen war. Denn Patti sagte ganz trocken zu mir:

„Wir brauchen noch mehr von dem Pulver, Doc."
„Wofür?"
„Na, für die Araber natürlich."
„Geht nicht, Patti, das Zeug zu bekommen, war äußerst schwierig. Und der Typ, der es für mich aus dem Tropenkrankenhaus geklaut hat, ist aufgeflogen. Einen anderen Zugang habe ich nicht."
„Dann sag mir, wo das Zeug steht, und wir holen es selber raus."
„Ich weiß nicht, wo sie es aufbewahren, aber sicher haben sie es jetzt in einem Safe."
„Dann finde heraus, wo dieser Safe steht. Kann ja nicht so schwer sein, oder?"
„Ich versuche es."

Auch das noch. Wie sollte ich da wieder rauskommen? Klar, ich hätte einfach nur Rita anrufen müssen. Aber noch so eine Aktion und mein Verhältnis zu Direktor Klüver wäre für immer im Eimer gewesen. Erst mal war ich stolz auf meine prompte Antwort und beschloss, das Problem später mit Leonard zu bereden.

Am nächsten Tag ging Patti beim Hofgang ein Stück weit neben mir her. Alle starrten uns an. Sogar die Wärter.

„Was macht das Pulver?"
„Ich bin dran."
„Gut, der Job draußen ist ganz ordentlich gelaufen, wir müssen aber noch ein bisschen nacharbeiten. Übereifer, verstehst du?" Und dann erzählte er mir, was fünf seiner Jungs gestern veranstaltet hatten.

„Leonard, setz dich hin, ich habe dir etwas zu berichten."

Kapitel 9

Das Geständnis

Endlich war ich es mal, der mehr wusste als er.

„Gestern haben die Angels Herrn Kauer in seinem Haus in Wellingsbüttel besucht. Er sonnte sich gerade in seinem Garten, lag nichtsahnend in der Sonne, als das Tor aufging und fünf schwere Harley Davidson anfingen, auf seinen Blumenbeeten Pirouetten zu drehen. Der muss ein Gesicht gemacht haben. Drei Minuten ging das so, und er hat sich nicht von der Stelle gerührt. Dann haben sie ihn mit seinem Liegestuhl ins Wohnzimmer getragen und angefangen Kleinholz zu machen, wie Patti es nannte. Kauer hat geschrien und gejammert: ‚Was wollen Sie? Sie haben die falsche Adresse, meine Herren. Ehrlich.' ‚Erich hat den Längsten', haben sie ihn ausgelacht. Erst als sie mit dem Kleinholz fertig waren, haben sie ihm eine verpasst und ihn auf sein Sofa geschmissen, das allerdings nur noch ein Haufen Stoff war. Patti sagt, es war ein neuer dabei, der sich besonders hervortun wollte. Der Typ hätte noch nicht das richtige Gefühl für die Dosis und deshalb zu hart zugeschlagen. Kauer muss wohl so was wie ein kleines Schädelhirntrauma erlitten haben und ist nicht mehr vernehmungsfähig gewesen. Sie haben ihm einen Notarzt gerufen und werden wieder mit ihm sprechen, sobald er aus dem Krankenhaus kommt. Aber Patti meinte, das sei zwar nicht der Plan gewesen, aber so wüsste der Typ schon mal, dass sie ernst machen. Ich denke, wir müssen ihm an der Stelle vertrauen, oder?"

„Ja, aber wenn sie Kauer totschlagen, nützt er mir nicht mehr. Hast du ihm das gesagt?"

„Klar, Natürlich hab' ich das."

Das Leben im Knast wurde für mich mehr und mehr zur Normalität. Ich hatte mich an die Gesichter der anderen Insassen gewöhnt, kannte jeden Wärter mit Namen und ging zur Toilette, während Leonard ein Buch mit Karl-May-Einband las. Er bot mir ständig an, auch mal eins seiner Bücher zu lesen, aber ich war nicht dazu in der Lage. Die Materie war mir zu kompliziert, und auf jeder Seite gab es mindestens drei Wörter, die ich noch nie gehört hatte. Also ließ ich es bleiben und surfte stattdessen im Internet. Manchmal spielte ich auf dem kleinen Bildschirm meines iPhones sogar Golf, Sudoku oder Schach.

Als Patti mich das nächste Mal nach dem ominösen Pulver fragte, antwortet ich, man habe es aus der Klinik entfernt und keiner wisse wohin. Wahrscheinlich sei es in der Asservatenkammer der Polizei. Danach gab er Ruhe.

Mittlerweile hatten die Rocker alle Drogenkunden der Russen übernommen und wollten nun auch die Araber aus dem Geschäft drängen.

Rita teilte mir mit, dass die beiden Schwerverletzten von einer Stretchlimousine abgeholt worden seien und sie alle Spuren der Aktion beseitigt habe.

„Bis zum nächsten Mal", fügte sie lachend hinzu.

Kapitel 10

Dumm gelaufen

Zwei Tage später wurde Marcus Kauer aus dem Krankenhaus entlassen und bekam einen Tag später Besuch von zwei Hells Angels. Das Klingeln hatten sich die Herren gespart und standen plötzlich in seinem 60 Quadratmeter großen Wohnzimmer. Kauer lag auf seiner nagelneuen Ledercouch und flehte: „Bitte nicht wieder alles zerstören. Bitte."

„Kommt ganz drauf an", sagte der Typ mit dem Zigarillo im Mund.
„Entspann dich einfach. Vielleicht überlebst du's ja", lachte der andere.

„Du hast vor zwei Jahren einen unserer Kumpels in Budapest für einen Job bezahlt, bei dem eine Nutte draufging."

„Was hab' ich? Nein, das ist ein Irrtum. Bestimmt! Sie irren sich. Ich war das nicht."

„Weißt du, was wir gar nicht abkönnen, ist, wenn uns einer anlügt. Da werden wir immer so richtig sauer. Willst du das?", fragte der mit dem Zigarillo im Mund. „Bitte, hören Sie auf. Ich tue alles, was Sie wollen. Bitte!"

„Okay", sagt der andere, „dann lern diesen Text auswendig." Er warf ihm ein Blatt Papier auf den Schoß, während er Kauers Handy vom Tisch nahm.

Kauer las den Text, und ihm wurde sofort klar, dass es sich dabei um ein Geständnis handelte. Er gab darin zu, den Auftrag zu einem Mord gegeben zu haben, um seinen Vorgänger an der Uni Hamburg aus dem Weg zu räumen. Aber er wusste aus diversen Krimis, dass erzwungene Geständnisse wertlos waren.

Und entschloss sich, den Kerlen den Gefallen zu tun. Hauptsache, sie ließen ihn endlich in Ruhe.

Er sprach also notgedrungen den Text, und einer der beiden filmte ihn dabei mit Kauers Handy.

„Gut gemacht", sagte der mit dem Zigarillo, das die ganze Zeit nicht einmal gequalmt hatte, wie Kauer jetzt auffiel. Der andere zog sich Handschuhe an und holte ein dünnes Kunststoffseil aus seiner Kutte. Als er es am Haken von Kauers Deckenlampe befestigt hatte, ging alles ganz schnell. Kaum dreißig Sekunden später baumelte Marcus Kauer mitten in seinem Wohnzimmer und röchelte nach Luft. Fünf Minuten später waren die Rocker wieder weg, und das Handy mit dem Geständnis lag eingeschaltet auf dem Teppich.

Als die Bildzeitung drei Tage später vom Selbstmord des Hamburger Professors berichtete, war zu lesen, dass sich Marcus K.

für einen Mord, den er vor über zwei Jahren in Auftrag gegeben hatte, nun selbst gerichtet hätte.

Einen Tag später forderte der Anwalt von Leonard Schönfeld die sofortige Freilassung seines unschuldig einsitzenden Mandanten und verlangte Schadensersatz in Millionenhöhe. Die Bildzeitung gab ihm Recht und nahm die Unfähigkeit der Polizei zum Anlass, eine neue Serie mit dem Titel „Fehlurteile in Deutschland" zu starten.

Das Video mit Kauers Geständnis kursierte mittlerweile im Internet. Leonard und ich feigsten vor Vergnügen, als wir es zum ersten Mal sahen.

„Was machst du, wenn du hier raus bist?", fragte ich Leonard.
„Als erstes denke ich mir eine schöne Überraschung für dich aus. Denn ohne dich hätte ich das niemals geschafft".

„Na, da bin ich ja mal gespannt."

Von da an sah man Rumpelstilzchen nur noch sorgfältig frisiert und mit lockerem, geradezu elegantem Gang ohne jedes
Hüpfen oder Stottern über die Flure stolzieren.

„Was ist denn mit dir los, Rumpelstilzchen?"
Seine Antwort war immer dieselbe:
„Ich bin rehabilitiert und werde euch in den nächsten Tagen für immer verlassen."

Patti verlangte eine zusätzliche Erfolgsprämie von 10.000 Euro, und Leonard versprach, sie innerhalb von zwei Wochen zu zahlen.

Kurz danach saß ich allein in unserer Zelle. Von Leonard hatte ich seit über einer Woche nichts gehört und musste zugeben, dass er mir irgendwie ans Herz gewachsen war. Ich vermisste ihn.

Es dauerte eine weitere Woche, bis ich

endlich von ihm hörte. Er schickte mir eine kurze SMS.

„Morgen bekommst du die versprochene Überraschung", mehr stand nicht drin, und da es sich um ein Prepaid Handy handelte, konnte ich nicht mal zurückschreiben.

Als ich am nächsten Tag auf mein Handy starrte, veränderte sich mein Leben für immer. Leonard hatte mir ein Foto geschickt. Ein Foto, das alles übertraf, was ich mir an Brutalität je hätte vorstellen können.

Ich brach schreiend zusammen und wurde von Amon und zwei weiteren Wärtern auf die Krankenstation geschleppt.

Mit beiden Händen umklammerte ich mit aller Kraft mein iPhone und brüllte: „Du Schwein, du gottverdammtes Schwein!"

Das Foto zeigte meine Frau nackt auf

unserem Ehebett mit einer Krawatte um den Hals.

Erwürgt.

Daneben stand die Frage:

„Überraschung gelungen?"

Zeitfracht Medien GmbH
Ferdinand-Jühlke-Straße 7
99095 Erfurt, Deutschland
produktsicherheit@kolibri360.de